白石 詩集 사슴

目次

얼럭소새끼의영각

돌덜구의물

노 루

국수당 넘어

얼럭소새끼의영각

가즈랑집

승냥이가새끼를치는　전에는쇠메듣도적이났다는
　가즈랑고개

가즈랑집은　고개밑의
山넘어마을서　도야지를　잃는밤　즘생을쫓는
　깽제미소리가　무서웁게　들려오는집
닭개즘생을　못놓는

멧도야지와 이웃사춘을지나는집

예순이넘은 아들없는가즈랑집할머니는 중같이
정해서 할머니가 마을을가면 긴담배대에
독하다는막써레기를 멧대라도 붗이라고하며

간밤엔 섬돌아레 승냥이가왔었다는이야기
어느메山곬에선간 곰이 아이를본다는이야기

나는 돌나물김치에 백설기를먹으며
넷말의구신집에있는듯이

가즈랑집할머니
내가날때 죽은누이도날때
무명필에 이름을써서 백지달어서 구신간시렁
의 당즈깨에넣어 대감님께 수영을들였다는
가즈랑집할머니
언제나병을앓을때면
신장님달련이라고하는 가즈랑집할머니
구신의딸이라고생각하면 슳버젔다

토끼도살이올은다는때 아르대즘퍼리에서
제비꼬리 마타리 쇠조지 가지취 고비 고

사리 두릅순 회순 山나물을하는 가즈랑집
할머니를딸으며
나는벌서 달디단물구지우림 둥굴네우림을
생각하고
아직멀은 도토리묵 도토리범벅까지도 그리워
한다

뒤우란 살구나무아레서 광살구를찾다가
살구벼락을맞고 울다가웃는나를보고
미꾸멍에 털이멫자나났나보자고한것은 가즈랑
집할머니다

찰복숭아를먹다가 씨를삼키고는 죽는것만같어
하로종일 놀지도못하고 밥도안먹은것도
가즈랑집에 마을을가서
당세먹은강아지같이 좋아라고집오래를 설레다
가였다

여우난곬族

명절날나는 엄매아배따라 우리집개는 나를따라
진할머니 진할아버지가있는 큰집으로가면

얼굴에별자국이솜솜난 말수와같이눈도껌벅걸이
는 하로에베한필을짠다는 벌하나건너집엔

복숭아나무가많은 新里고무 고무의딸李女
작은李女

열여섯에 四十이넘은홀아비의 후처가된 포족
족하니 성이잘나는 살빛이매감탕같은 입술
과 젖꼭지는더깜안 예수쟁이마을가까이사는
土山고무 고무의딸承女 아들承동이

六十里라고해서 파랑게뵈이는山을넘어있다는
해변에서 과부가된 코끝이빩안 언제나힌옷
이정하든 말끝에설게 눈물을짤때가많은 큰

곬고무 고무의딸洪女 아들洪동이작은洪동이

배나무접을잘하는 주정을하면 토방돌을뽑는 오
리치를잘놓는 먼섬에 반디젓담으려가기를좋
아하는삼춘 삼춘엄매 사춘누이 사춘동생들
이그득히들 할머니할아버지가있는 안간에들몸
여서 방안에서는 새옷의내음새가나고

또 인절미 송구떡 콩가루차떡의내음새도나고
끼때의두부와 콩나물과 뽂운잔디와고사리와

도야지비게는모두 선득선득하니 찬것들이다

저녁술을놓은아이들은 외양간섶 발마당에달린
배나무동산에서
쥐잡이를하고 숨굴막질을하고 꼬리잡이를
하고 가마타고시집가는노름 말타고장가가는
노름을하고 이렇개 밤이어둡도록 북적하니
논다

밤이깊어가는집안엔 엄매는엄매들끼리 아르간

에서들웃고 이야기하고 아이들은 아이들끼리 웃간한방을잡고 조아질하고 쌈방이굴리고 바리깨돌림하고 호박떼기하고 제비손이구손이하고 이렇게화디의사기방등에 심지를몇번이나독구고 홍게닭이몇번이나울어서 조름이오면 아릇목싸움 자리싸움을하며 히드득거리다 잠이든다 그래서는 문창에 텅납새의그림자가치는아츰 시누이동세들이 욱적하니 홍성거리는 부엌으론 샛문틈으로 장

지문틈으로 무이징게국을 끄리는 맛있는내음

새가 올라오도록잔다

二

고방

낡은질동이에는 갈줄모르는늙은집난이같이
송구떡이오래도록 남어있었다

오지항아리에는 삼춘이밥보다좋아하는 찹쌀탁
주가있어서
삼춘의임내를내어가며 나와사춘은 시큼털털한
술을 잘도채어먹었다

제사ㅅ날이면 귀먹어리할아버지가예서 왕밤을
밝고 싸리꼬치에 두부산적을꿰었다

손자아이들이 파리떼같이몰이면
곰의발같은손을 언제나 내어둘렀다

구석의나무말쿠지에 할아버지가삼는 소신같은
집신이 둑둑이걸리어도있었다

녯말이사는컴컴한고방의쌀독뒤에서나는 저녁끼
때에불으는소리를 듣고도못들은척하였다

모닥불

새끼오리도 헌신짝도 소똥도 갓신창도 개니
빠디도 너울쪽도 짚검불도 가락닢도 머리
카락도 헌겁조각도 막대꼬치도 기와장도
닭의짗도 개털억도 타는 모닥불

재당도 초시도 門長늙은이도 더부살이아이도
새사위도 갓사둔도 나그네도 주인도 할아

버지도 손자도 붓장사도 땜쟁이도 큰개도
강아지도 모두 모닥불을 쪼인다

모닥불은 어려서우리할아버지가 어미아비없는
서러운아이로 불상하니도 몽둥발이가된 슳
븐력사가있다

古夜

아배는타관가서오지않고 山비탈외따른집에 엄
매와나와단둘이서 누가죽이는듯이 무서운밤
집뒤로는 어늬山곬작이에서 소를잡어먹는노
나리군들이 도적놈들같이 쿵쿵걸이며다닌다

날기멍석을저간다는 닭보는할미를차굴린다는

땅아래 고래같은기와집에는언제나 니차떡에
청밀에 은금보화가그득하다는 외발가진조마
구 뒷山어너메도 조마구네나라가있어서 오
줌누러깨는재밤 머터말의문살에대인유티창으
로 조마구군병의 새깜안대가티 새깜안눈알
이들여다보는때 나는이불속에자즐어붙어 숨
도쉬지못한다

또이러한밤같은때 시집갈처녀망내고무가 고개

넘어큰집으로 치장감을가지고와서 엄매와둘이 소기름에쌍심지의불을밝히고 밤이들도록바느질을하는밤같은때 나는아룻목의살귀를들고 쇠든밤을내여 다람쥐처럼밝어먹고 은행여름을 인두불에구어도먹고 그러다는이불옿에서 광대넘이를뒤이고 또 눟어굴면서 엄매에게 웋목에둘은평풍의 샛빩안천두의이야기를듣기도하고 고무더러는 밝는날 멀리는못난다는뫼추라기를 잡어달라고졸으기도하고

내일같이명절날인밤은 부엌에 째듯하니 불이
밝고 솥뚜껑이놀으며 구수한내음새 곰국이
무르끓고 방안에서는 일가집할머니가와서
마을의소문을펴며 조개송편에 달송편에 죈
두기송편에 떡을빚는곁에서 나는밤소 팟소
설탕든콩가루소를먹으며 설탕든콩가루소가가
장맛있다고생각한다
나는얼마나 반죽을주물으며 힌가루손이되여

떡을빚고싶은지모른다

섯달에 내빌날이드러서 내빌날밤에눈이오면
이밤엔 쌔하얀할미귀신의눈귀신도 내빌눈을
받노라못난다는말을 든든히녁이며 엄매와나
는 앙궁옹에 떡돌옹에 곱새담옹에 함지에
버치며 대냥푼을놓고 치성이나들이듯이 정
한마음으로 내빌눈약눈을받는다
이눈세기물을 내빌물이라고 제주병에 진상

항아리에 채워두고는 해를묵여가며 고뿔이
와도 배앓이를해도 갑피가를앓어도 먹을물
이다

오리 망아지 토끼

오리치를 놓으려아배는 논으로날여간지오래다
오리는 동비탈에 그림자를떨어트리며 날어가
고 나는 동말랭이에서 강아지처럼 아배를
불으며 울다가
시악이나서는 동뒤개울물에 아배의신짝과 버
선목과 대님오리를 모다던저벌인다

장날아츰에 앞행길로 엄지딸어지나가는망아지
를내라고 나는졸으면
아배는행길을향해서 크다란소리로
—매지야오나라
—매지야오나라

새하려가는아빠의지게에치워 나는山으로가며
토끼를잡으리라고생각한다
맞구멍난토끼굴을아빠와내가막어서면 언제나
토끼새끼는 내다리아래로달어났다
나는 서글퍼서 서글퍼서 울상을한다

돌덜구의 물

初冬日

흙담벽에 볕이따사하니

아이들은 물코를흘리며 무감자를먹었다

돌덜구에 天上水가 차게

복숭아낡에 시라리타래가 말러갔다

夏 畓

짝새가 발뿌리에서날은 논드렁에서
아이들은개구리의뒤ㅅ다리를 구어먹었다

계구멍을쑤시다 물쿤하고 배암을잡은숲의
　피같은물이끼에 해볓이 따그웠다
돌다리에앉어 날버들치를먹고 몸을말리는아이
　들은 물총새가되었다

酒幕

호박닢에싸오는 붕어곰은 언제나맛있었다

부엌에는 빨갛게질들은 八모알상이 그상웋엔
샛파란 싸리를그린 눈알만한盞이 뵈였다

아들아이는 범이라고 장고기를잘잡는 앞니가
뻐드러진 나와동갑이었다

울파주밖에는 장군들을따러와서 엄지의젖을빠
는 망아지도있었다

寂境

신살구를 잘도먹드니 눈오는아츰
나어린안해는 첫아들을낳었다

人家멀은山중에

까치는 베나무에서즞는다

컵컵한부엌에서는 늙은홀아버의시아부지가 미

억국을끄린다

그마음의 외딸은집에서도 산국을끄린다

未明界

자즌닭이울어서 술국을끄리는듯한 鰍湯집의부
엌은 뜨수할것같이 물이뿌연히밝다

초롱이히근하니 물지게군이우물로가며

별사이에바라보는그믐달은 눈물이어리었다

행길에는 선장대여가는 장군들의종이燈에 나
　귀눈이빛났다

어데서 서러웁게 木鐸을뚜드리는 집이였다

城外

어두어오는 城門밖의거리
도야지를몰고가는 사람이있다

엿방앞에 엿궤가없다

양철통을 쩔렁거리며 달구지는 거리끝에서

江原道로간다는길로든다

술집문창에 그느슥한그림자는 머리를얹혔다

秋日山朝

아츰빛에 섭구슬이한가로히익는 곬작에서 꿩은울어 山울림과작난을한다

山마루를탄사람들은 새ㅅ군들인가

파란한울에 떨어질것같이

웃음소리가 더러 山밑까지들린다

巡禮중이 山을올라간다

어제人밤은 이山절에 齋가들었다

무리돌이굴어날이는건 중의발금치에선가

曠原

흙꽃니는 일은봄의 무연한벌을
輕便鐵道가 노새의맘을먹고지나간다
멀리 바다가뵈이는

假停車場도없는 벌판에서
車는머물고
젊은새악시둘이날인다

힌 밤

녯城의돌담에 달이올랐다
묵은초가집웅에 박이
또하나달같이 하이얗게빛난다
언젠가마을에서 수절과부하나가 목을매여죽은
밤도 이러한밤이었다

노 루

靑柹

별많은밤
하누바람이불어서
푸른감이떨어진다 개가즞는다

山 비

山뽕닢에 비ㅅ방울이친다
멧비들기가닌다
나무둥걸에서 자벌기가 고개를들었다 멧비들
기켠을본다

쓸쓸한 길

거적장사하나 山뒤ㅅ뇦비탈을올은다
아—딸으는사람도없시 쓸쓸한 쓸쓸한길이다
山가마귀만 울며날고
도적개ㄴ가 개하나 어정어정따러간다
이스라치전이드나 머루전이드나
수리취 땅버들의 하이얀복이 서러웁다
뚜물같이흐린날 東風이설렌다

柘榴

南方土 풀안돋은양지귀가본이다
해ㅅ비맞은저녁의 노을먹고살다
太古에나서
仙人圖가꿈이다
高山淨土에山藥캐다오다
달빛은異鄕
눈은 정기속에 어우러진싸움

머루밤

불을끈방안에 횃대의하이얀옷이 멀리 추울것
같이

개方位로 말방울소리가들려온다

門을열다 머루빛밤한울에
송이버슷의내음새가났다

女僧

女僧은 合掌하고 절을했다
가지취의 내음새가났다
쓸쓸한낯이 녯날같이 늙었다
나는 佛經처럼 설어워졌다

平安道의 어늬 山깊은 금덤판
나는 파리한女人에게서 옥수수를샀다

女人은 나어린딸아이를따리며 가을밤같이차게
울었다

섭벌같이 나아간지아비 기다려 十年이갔다
지아비는 돌아오지않고
어린딸은 도라지꽃이좋아 돌무덤으로갔다

山꿩도 설게울은 슳븐날이있었다
山절의마당귀에 女人의머리오리가 눈물방울과
같이 떨어진날이있었다

修羅

거미새끼하나 방바닥에 날인것을 나는아모생
각없이 문밖으로 쓸어벌인다
차디찬밤이다

어니젠가 새끼거미쓸려나간곧에 큰거미가왔다

나는 가슴이짜릿한다
나는 또 큰거미를쓸어 문밖으로 벌이며
찬밖이라도 새끼있는데로가라고하며 설어워한
다
이렇게해서 아린가슴이 싹기도전이다
어데서 좁쌀알만한 알에서 가제깨인듯한 발
이 채 서지도못한 무척적은 새끼거미가
이번엔 큰거미없서진곧으로와서 아물걸인다
나는 가슴이 메이는듯하다
내손에 올으기라도하라고 나는손을내어미나

분명히 울고불고할 이작은것은 나를 무서
우이 달이나 별이며 나를서렵게한다
나는 이작은것을 꿈이 보드러운종이에받어
또 문밖으로별이며
이것의엄마와 누나나 형이 가까이이것의격
정을하며있다가 쉬이 맞나기나했으면 좋으
렸만하고 슳버한다

비

아카시아들이 언제 흰두레방석을 깔었나

어데서 물쿤 개비린내가 온다

노 루

山곬에서는 집터를츠고 달궤를닦고
보름달아레서 노루고기를먹었다

국수당 넘어

절간의소이야기

병이들면 풀밭으로가서 풀을뜯는소는 人間보
다靈해서 열거름안에 제병을낳게할 藥이있
는줄을앎다고

首陽山의어늬오래된절에서 七十이넘은로장은이
런이야기를하며 치마자락의 山나물을추었다

統營

녯날엔 統制使가있었다는 낡은港口의처녀들에
겐 녯날이가지않은 千姬라는이름이많다
미역오리같이말라서 굴껍지처럼말없시 사랑하
다죽는다는

이千姬의하나를 나는어녀오랜客主집의 생선가
시가있는 마루방에서맞났다
저문六月의 바다가에선조개도울을저녁 소라방
등이붉으레한마당에 김냄새나는비가날였다

오금덩이라는곧

꼿

어스름저녁 국수당돌각담의 수무나무가지에
녀귀의탱을걸고 나물매 갖후어놓고 비난수
를하는 젊은새악시들
—잘먹고가라 서리서리물러가라 네소원풀었으
니 다시침노말아라

벌개눞역에서 바리깨를뚜드리는 쇠ㅅ소리가나
면
누가눈을앓어서 부증이나서 찰거마리를 불으

는것이다
마을에서는 피성한눈숡에 절인팔다리에 거마
리를 붗인다

여우가 우는밤이면
잠없는 노친네들은일어나 팟을갈이며 방요를
한다

여우가 주둥이를향하고 우는집에서는 다음날
으레히 흉사가있다는것은 얼마나 무서운말
인가

柿崎의 바다

저녁밥때 비가들어서

바다엔배와사람이 흥성하다

참대창에 바다보다푸른고기가께우며 섬돌에곱

조개가붙는집의 복도에서는 배창에 고기떨
어지는 소리가들렸다

이슥하니 물기에 누긋이젖은 왕구새자리에서
저녁상을받은 가슴앓는사람은 참치회를먹지
못하고 눈물겨웠다

어득한 기슭의행길에 얼굴이햇슥한처녀가
새벽달같이

아 아즈내인데 病人은 미역냄새나는덧문을닫
고 버러지같이 눟었다

定州城

山턱원두막은뷔였나 불빗이외롭다
헌겁심지에 아즈까리기름의 쪼는소리가들리는
듯하다

잠자리조을든 문허진城터
반듸불이난다 파란魂들같다
어데서말있는듯이 크다란山새한마리 어두운
곬작이로난다

헐리다남은城門이
한울빗같이훤하다
날이밝으면 또 메기수염의늙은이가
청배를팔려올것이다

彰義門外

무이밭에 흰나뷔나는집 밤나무 머루넝쿨속에
키질하는소리만이들린다
우물가에서 까치가작고즞거니하면

붉은숫닭이높이 볏덤이웋로올랐다

텃밭가在來種의林檎낡에는 이제도콩알만한푸른

알이달렸고 히스무레한꽃도 하나둘퓌여있다

돌담기슭에 오지항아리독이빛난다

旌門村

주홍칠이낡은旌門이하나 마을어구에있었다
「孝子盧迪之之旌門」―몬지가 겹겹이앉은 木刻
의額에

나는 열살이넘도록 갈지字들을웃었다

아카시아꽃의 향기가가득하니 꿀벌들이많이날
어드는 아츰

구신은없고 부헝이가 담벽을띠쫗고 죽었다

기왓골에 배암이푸르스름히빛난달밤이있었다

아이들은 쪽재피같이 먼길을돌았다

旌門집가난이는 열다섯에
늙은말군한테 시집을갔겄다

여우난곬

박을삼는집
할아버지와손자가올은집웅옿에 한울빛이진초록
이다
우물의물어 쓸것만같다
마을에서는 삼굿을하는날

건넌마을서사람이 물에빠저죽었다는소문이왔다

노란싸리닢이한불깔린토방에 햇츩방석을깔고
나는호박떡을 맛있게도먹었다

어치라는山새는벌배먹어곻읍다는곬에서 돌배먹
고앓븐배를 아이들은 띨배먹고나었다고하였
다

三防

갈부던같은 藥水터의山거리엔 나무그룻과 다
래나무짚팽이가많다

山넘어十五里서 나무뒝치차고 싸리신신고
山비에축축이젖어서 藥물을받으려오는 두멧
아이들도있다

아레人마을에서는 애기무당이 작두를타며 굿
을하는때가많다

昭和十一年一月十七日 印刷
昭和十一年一月二十日 發行

詩集
사슴

百部限定版
定價二圓

著作兼發行者 京城府通義洞七ノ六 白石
印刷人 京城府壽松洞二六 朴忠植
印刷所 京城府壽松洞二六 鮮光印刷株式會社

백석의 시집 『사슴』 초판 80주년 기념시집

서정시학은 백석 탄신 100주년 기념으로 초판본 『사슴』의 원형을 복각하여 출판했다. 원형에 최대한 가깝게 하고자 특수한 종이를 구하고 제본소를 찾아 어렵게 작업을 진행했으나 제작과정에서 많은 파본이 발생하여 1,000부를 목표로 했으나 800여 부 정도밖에 건질 수 없었다.

그리하여 책마다 일일이 일련번호를 표기하여 이를 기념해 두고자 했다.

이번에 초판 발행 80주년을 기념하여 다시 제작하려고 했으나 인쇄소도 제본소도 모두 제작에 난색을 표명하여 다시 복각판을 제작할 수 없었다. 특히 한지에 인쇄하거나 제본하는 작업이 현장에서 사라진 것이다.

마땅한 제작소를 몇 달 동안 찾았으나 구하지 못해 아쉽지만 최근의 용지에 초판을 살릴 수 있는 길을 찾아 초판 발행 80주년을 기념하고자 하오니 독자 제현의 너그러운 이해와 관용이 있기를 소망한다.

2016년 3월

최동호 씀

백석

1912년 평북 정주생.

19세에 『조선일보』 단편소설 「그 모(母)와 아들」이 당선되어 등단.

청산학원 졸업 후 『여성』지 편집

25세에 시집 『사슴』 100부 한정판 발간.

29세에 『테스』를 서울 조광사에서 번역 출간.

그 후 만주 안동에서 측량기사 보조원, 소작인 등을 전전하다 광복과 더불어 고향 정주로 귀향.

46세에 동화시집 『집게네 네 형제』와 동시와 몇 편의 시를 발표.

주로 러시아 작품을 번역하였고, 48세 때 「붉은 편지」 사건으로 평양에서 추방되어 양치기 생활.

서정시학 서정시 113

사슴

펴 낸 날 · 2016년 4월 20일 초판 2쇄 발행
지 은 이 · 백 석
펴 낸 이 · 최단아
펴 낸 곳 · 서정시학
편집교정 · 최진자
인 쇄 소 · 서정인쇄

주소 · 서울시 성북구 성북로 4길 52 106동 1505호
전화 · 02-928-7016
팩스 · 02-922-7017
이 메 일 · poemq@dreamwiz.com
출판등록 · 209-91-66271
ISBN 978-89-94824-77-2 03810

계좌번호: 070101-04-072847(국민은행, 예금주: 최단아)
값 12,000원
잘못된 책은 바꾸어 드립니다.